Jacob Ja Wilhelm Grimm

Kultahanhi; Grimm-veljesten satuja

suuraakkosin

 MEGALI

Jacob Ja Wilhelm Grimm

Kultahanhi; Grimm-veljesten satuja

suuraakkosin

Alkuperäisen jäljennös.

1. painos 2023 | ISBN: 978-3-38707-396-6

Megali Verlag on Outlook Verlagsgesellschaft mbH:n imprint.

Verlag (Julkaisija): Outlook Verlag GmbH, Zeilweg 44, 60439 Frankfurt, Deutschland
Vertretungsberechtigt (Valtuutettu edustamaan): E. Roepke, Zeilweg 44, 60439 Frankfurt, Deutschland
Druck (Painotalo): Books on Demand GmbH, In de Tarpen 42, 22848 Norderstedt, Deutschland

KULTAHANHI

GRIMM-VELJESTEN SATUJA

KIRJA

JACOB JA WILHELM GRIMM

1921.

Kultahanhi.

Olipa kerran mies, jolla oli kolme poikaa; nuorin niistä oli nimeltään Tyhmyri, ja häntä aina ylenkatsottiin ja pilkattiin ja joka tilaisuudessa syrjäytettiin. Sattuipa sitten, että vanhin veljeksistä lähti metsään puita hakkaamaan ja sai äidiltään evääksi kauniin munakakun ja simapullon, jotta poloinen ei nälkään ja janoon menehtyisi. Kun poika tuli metsään, niin näkipä hän siellä vastassaan pienen äijän, sellaisen harmaan mokoman, joka toivotti hänelle hyvää päivää ja haastoi: "Annappa minulle taskustasi palanen kakkua syödäkseni ja kulaus simaa juodakseni, sillä minä olen niin nälissäni ja janoissani." Mutta viisas poika vastasi: "Jos annan sinulle kakkuani ja viiniäni, niin jään itse ilman, mene matkoihisi vain", jätti äijän seisomaan ja meni työhönsä. Mutta kun hän rupesi puuta hakkaamaan, niin annappa olla, isku luiskahtikin syrjään ja kirves kävi häntä käsivarteen, niin että hänen täytyi palata kotiin ja antaa sitoa haavansa. Se oli harmaan äijän kosto.

Sitten lähti toinen poika vuorostaan metsään ja sai hänkin äidiltään evääksi kauniin munakakun ja simapullon. Hänellekin tuli vastaan vanha harmaja äijän kääppänä ja pyyteli saada palasen kakkua ja kulauksen viiniä. Mutta toinenkin poika vastasi järkevästi: "Jos annan sinulle eväistäni, niin jään itse ilman, mene siitä matkoihisi", jätti äijän seisomaan ja lähti työhönsä. Mutta eipä hänkään jäänyt rangaistuksetta suuresta järkevyydestään; kun hän oli iskenyt pari kertaa puuhun, niin iski hän kolmannella kerralla omaan sääreensä, ja hänet oli kannettava kotiin.

Silloin sanoi Tyhmyri: "Isä, annappa minunkin kerran lähteä metsään puita hakkaamaan." Mutta isä vastasi: "Veljesi, sinua viisaammat, ovat siinä työssä saaneet vammoja, pysy sinä vain poissa, mitä älyä sinulla siellä olisi." Mutta Tyhmyri pyyteli niin hartaasti, että isä sanoi: "No, menehän sitten, ehkäpä vahingosta viisastut." Äiti antoi hänelle evääksi kuivan leipäkyrsän ja pullon hapanta kaljaa. Kun Tyhmyri tuli metsään, tapasi hänkin siellä vanhan harmaan äijän, joka tervehti häntä ja sanoi: "Annappa minulle palanen kakkuasi ja kulaus pullostasi, minä olen niin nälkäinen ja janoinen." Tyhmyri vastasi: "Minullahan on vain kuiva kannikka ja hapanta kaljaa, mutta jos ne sinulle kelpaavat, niin käytä hyväksesi." He istahtivat syömään ja juomaan, mutta kun Tyhmyri otti kuivan kannikan taskustaan, niin olipa se muuttunut makeiseksi munakakuksi ja hapan kalja sulavaksi simaksi. No, he söivät ja joivat, ja sitten sanoi pikkuinen äijä: "Koska sinulla on niin hyvä sydän ja annat mieluusti omastasi toisellekin, niin minä tahdon luoda onnesi. Katsos, tuolla on vanha puu, käy sen luo ja hakkaa se poikki, niin löydät sen juurista jotakin."

Tyhmyri kävi puun luo ja hakkasi sen poikki, ja kun puu kaatui, niin oli sen juurissa hanhi ja sillä joka höyhen puhdasta kultaa. Poika otti hanhen kainaloonsa ja lähti astelemaan erääseen majataloon, jossa aikoi yönsä viettää. Isännällä siellä oli kolme tytärtä, jotka tulivat uteliaiksi tietämään, mikä tuollainen merkillinen lintu oli, ja jokainen heistä olisi mielellään tahtonut saada yhden kultahöyhenen. Vanhin arveli: "Tottapa tässä tilaisuutta sattuu, jotta saan nyhkäistyksi yhden höyhenen", ja kun Tyhmyri oli pyörähtänyt pihamaalle, tarttui hän hanhea siipeen, mutta sormet ja kämmen juuttuivat siihen kiinni. Kohta tuli toinenkin sisar samanlaisessa aikeessa, mutta hänpä ei päässyt vielä hanheenkaan käsiksi, vaan juuttui kiinni sisareensa. Ja kohta tuli kolmas, ja tälle huusivat molemmat toiset: "Pysy kaukana, taivaan nimessä, pysy kaukana!"

Mutta tyttö paha ei käsittänyt tuota varoitusta, vaan ajatteli itsekseen: "Miksikä minun täytyisi pysyä kaukana; koska toisetkin ovat hanhea nyppimässä, niin miksi en minäkin nyppisi." Ja kohta kun hän oli koskettanut toista sisartaan, juuttui hän tähän kiinni. Ja siten he saivat viettää yönsä hanhessa kiinni.

Seuraavana aamuna Tyhmyri otti hanhen jälleen kainaloonsa ja lähti patikoimaan edelleen, välittämättä yhtään tyttö paroista, jotka riippuivat hanhesta kiinni. Näiden täytyi yhä juosta hänen perässään, minnekä hän menikin. Keskellä tietä tuli kirkkoherra vastaan, joka ällistyneenä moisesta saatosta torui tyttöjä: "Hävetkäähän toki, hupakot, juosta tuolla tapaa pojan perässä, onko se säädyllistä?" Näin sanoen hän tarttui nuorimman sisaren käteen tahtoen tempaista hänet pois, mutta kohta kun hän oli siihen tarttunut, juuttui hänkin kiinni joukon jatkoksi. Sattuipa tuota ihmeellistä kulkuetta näkemään lukkarikin, joka peräti ällistyi nähdessään lihavan kirkkoherran juoksevan kolmen tytön perässä. Hän huusi ihmeissään: "Minnekä niin kiire, arvon kirkkoherra? Älkäähän toki unohtako, että meillä on kohta lapsi kastettavana." Näin sanoen hän tarttui kirkkoherran kauhtanan hihaan, mutta juuttui riippumaan siitä kiinni: Kun tuo viisihenkinen joukko tuolla tapaa ravasi tietä pitkin, joutui sitä ihmettelemään kaksi talonpoikaa, jotka kuokat olalla palasivat pelloiltaan. Heidät nähdessään kirkkoherra huusi, että he kaiken hyvän nimessä kiskoisivat hänet ja lukkarin irti. Mutta tuskin olivat miehet käyneet käsiksi perimmäisenä juoksevaan lukkariin, niin juuttuivat hekin tähän kiinni. Sillä tapaa oli seitsemäksi kasvanut se saattojoukko, joka juoksi Tyhmyrin ja hänen hanhensa perässä.

Tulipa hän sitten isoon kaupunkiin; siellä hallitsi kuningas, jolla oli niin totinen tytär, että mikään mahti ei saanut häntä nauramaan. Siitä murhettuneena kuningas oli antanut kuuluttaa, että ken prinsessan saisi nauramaan, se saisi hänet puolisokseen. Kun Tyhmyri kuuli tästä, lähti hän hanhineen ja saattolaisineen kohta prinsessan eteen, joka moisen näyn nähdessään purskahti niin isoon nauruun, ettei siitä tahtonut tulla loppuakaan. Silloin vaati Tyhmyri häntä morsiamekseen, mutta kuningastapa ei moinen vävypoika miellyttänyt, hän esteli ja teki kaikenlaisia verukkeita ja vaati viimein, että Tyhmyrin oli ensin tuotava hänen luokseen mies, joka jaksaisi juoda hänen viinikellarinsa kuiviin. Tyhmyri ajatteli kohta metsässä tapaamaansa harmaata äijää, joka kukaties kykenisi auttamaan häntä, lähti metsään ja näki siellä tuonaan poikkihakkaamansa puun lähellä peräti murheellisen näköisen miehen. Poika tiedusteli häneltä, mikä häntä niin suretti, ja mies vastasi: "Minua janottaa niin hirveästi, enkä voi sammuttaa janoani. Kylmää vettä ei vatsani kärsi, tyhjensin äsken tynnyrillisen viiniä, mutta mitäs se oli muuta kuin vesipisara kuumalle kivelle." — "Kappas vain", sanoi poika, "minä voin sinut päästää pulastasi. Käy mukaani, niin saat juoda itsesi kylläiseksi." Hän vei janoisen miehen kuninkaan viinikellariin. Siellä mies kumartui isoimman viinitynnyrin yli ja rupesi juomaan, joi ja joi, kunnes hänen kupeitaan rupesi kumarruksesta särkemään, ja iltaan mennessä hän oli juonut kuninkaan viinikellarin kuiville.

Tyhmyri vaati uudelleen morsiantaan, mutta kuningasta suututti ajatus, että hänen pitäisi antaa tyttärensä höpelölle pojalle, jota kaikki sanoivat Tyhmyriksi, ja asetti yhä uusia ehtoja. Tällä kertaa, hän tahtoi saada luokseen miehen, joka kykenisi syömään kokonaisen leipävuoren. Tyhmyri ei asiaa pitkältäkään aikaillut, vaan palasi jälleen metsään ja näki siellä miehen, joka kiristi vatsaansa nahkaremmeillä, irvisteli surkeasti ja sanoi: "Söin tässä äsken välipalaksi uunin täyden ohrakakkuja, mutta mitäpä mokomasta murusesta minulle, jonka nälkä on kylläytymätön. Vatsani pysyy yhäti tyhjänä ja minun täytyy kiristää sitä nahkaremmeillä, jotta en nälkään menehtyisi." Siitäkös Tyhmyri kävi iloiseksi ja sanoi: "Lähdehän kanssani, niin saat kerrankin syödä kylliksesi." Hän vei miehen kuninkaan linnan pihaan, jonne kuningas oli antanut tuoda kaiken jauhon koko valtakunnastaan ja leivottanut siitä vuoren korkuisen leivän. Mies metsähinen istahti jättikakun viereen, alkoi syödä reunasta, söi ja söi, ja iltaan mennessä koko vuori oli kadonnut.

Tyhmyri vaati nyt kolmannen kerran morsiantaan, mutta kuningas koetti vieläkin päästä pälkähästä ja vaati, että hänelle oli tuotava laiva, joka kulki sekä maalla että merellä. "Jos saavut sellaisella laivalla linnani pihaan, niin saat heti tyttäreni avioksi." Tyhmyri lähti vielä kerran metsään. Siellä istui sama pikkuinen harmaa äijä, jolle hän oli antanut kakustaan, ja tämä sanoi hänelle: "Minä se join ja söin sinun hyväksesi, ja nyt tahdon antaa sinulle laivankin; kaiken tämän teen senvuoksi, että olit armelias minua kohtaan." Ja hän antoi hänelle sellaisen laivan, joka kulki sekä maalla että merellä, ja kun kuningas sen näki, ei hän enää voinut kieltää tytärtään. Häät pidettiin kohta, ja kuninkaan kuoltua Tyhmyri peri valtakunnankin ja eli kauan onnellisena puolisonsa keralla.

Satu pojasta, joka lähti maailmalle pelkoa oppimaan.

Olipa isällä kerran kaksi poikaa, vanhempi älykäs ja taitava kaikissa toimissaan, mutta nuorempi niin höpelö, ettei pystynyt mitään ymmärtämään ja oppimaan, ja ihmiset sanoivat hänet nähdessään: "Kylläpä isä paralla tuosta mokomasta tulee surua olemaan!" Jos mitä oli tehtävä, sai vanhempi joka kerta lähteä sitä tekemään; mutta jos isänsä myöhään illalla lähetti hänet jollekin asialle, jolloin oli kuljettava hautuumaan tai muun sellaisen kaamean paikan ohitse, vastasi poika; "Ei, isä, sinne en mene, siellä minua niin pelottaa." Tahi kun iltaisin takkavalkean ääressä kertoiltiin satuja, jotka panivat ihon karmimaan, saattoivat kuulijat monesti parahtaa: "Oh, minua niin pelottaa!" Alati istui nuorempi poika loukossaan ja kuunteli muiden mukana kykenemättä lainkaan ymmärtämään, mitä tuo oikein merkitsi: "Aina ne sanovat: minua niin pelottaa! minua pelottaa! Minua itseäni ei pelota ollenkaan. Kyllä se mahtaa taaskin olla jokin tuollainen taito, josta minä en tiedä hölynpölyä."

Sattuipa kerran, että isä sanoi hänelle: "Kuulehan, sinä siellä loukossa, kohta sinustakin tulee iso ja väkevä, joten on aika, että opit jotakin, jolla taidat leipäsi ansaita. Katsohan kuinka veljesi puuhaa ja askartaa, mutta eipä sinusta koskaan tule kunnollista miestä." — "Kuulkaapas, isä", sanoi poika, "tahdon minäkin mielelläni jotain oppia. Kaikista kernaimmin oppisin tietämään mitä pelko on; siitä en ymmärrä vielä tään taivaallista." Vanhempi veli nauroi tuollaiselle puheelle ja ajatteli itsekseen: "Hyvä Isä sentään, mikä hölmöläinen veljeni on! Hänestä ei ikipäivinä tule mitään, sillä mikä luokkipuuksi on aiottu, sen täytyy jo nuorena taipua." Mutta isä huokasi ja sanoi: "Pelkäämään sinä kyllä aikanasi opit, mutta et ikinä leipääsi ansaitsemaan."

Pian sen jälkeen tuli lukkari taloon vieraisille. Hänelle valitti isä huoltaan ja kertoi, kuinka hänen nuorempi poikansa oli joka suhteessa niin höpelö ja huonolahjainen, ettei tietänyt mitään eikä oppinut mitään. "Ajatelkaas, kun kysyin häneltä, millä hän aikoi leipänsä ansaita, niin hän sanoi kernaimmin tahtovansa oppia pelkäämään." — "Jollei hän muuta tahdo", sanoi lukkari, "niin sen taidon hän oppii minun luonani; antakaa hänen lähteä mukaani, niin minä hänet kyllä höylään." Isä oli tyytyväinen ajatellessaan, että saisihan poika kirkonmiehen luona edes jotain sievistystä. Lukkari vei siis pojan kotiinsa ja pani hänet soittamaan kirkonkelloja. Parin päivän perästä lukkari herätti hänet puoliyön aikaan ja lähetti hänet ylös kirkontorniin jälleen soittamaan. "Nytpä saat oppia, mitä pelko on", ajatteli lukkari itsekseen ja lähti salaa edeltä ulos, ja kun poika oli päässyt ylimpään kerrokseen ja kääntyi ympäri tarttuakseen kiinni paksuun soittoköyteen, niin näki hän portaiden yläpäässä, akkuna-aukon kohdalla, ison valkoisen haamun. "Kuka siellä?" hän huusi, mutta haamu ei vastannut eikä edes liikahtanut, "Vastaa, mies", huusi poika, "taikka laitakin, että lähdet joutua alas täältä, täällä sinulla ei ole mitään tekemistä yön aikaan." Mutta lukkari pysyi yhä hievahtamatta, jotta poika uskoisi hänen olevan kummituksen. Poika huusi toistamiseen: "Mitä sinä täältä tahdot? Puhu, jos olet kunnon väkeä, taikka ma nakkaan sinut portaita alas." Lukkari arveli, ettei tuo toki ollut niin vakavassa mielessä sanottu, ja hän jäi yhä seisomaan äänettömänä ja liikkumattomana kuin mikäkin kivikuva. Silloin poika huusi hänelle kolmannen kerran, ja kun siitäkään varoituksesta ei ollut apua, otti hän vauhtia ja potkaisi kummituksen portaita alas sitä menoa, että se hurahti ainakin kymmenen astinta alaspäin ja lyhistyi makaamaan portaatloukkoon. Sitten poika palasi soittamaan kelloa, lähti kotia, pani sanaakaan virkkamatta maata ja nukahti sikeästi. Lukkarin muori odotteli miestään kauan, mutta tätä ei vain kuulunut kotiutuvaksi. Silloin hän alkoi hätäytyä, herätti pojan ja kysyi: "Etkö tiedä, minne minun mieheni on jäänyt? Hänhän lähti torniin sinun edelläsi." — "En", vastasi poika, "mutta seisoipa siellä joku akkuna-aukossa, ja kun se ei vastannut puheisiini eikä tahtonut mennä matkoihinsakaan, niin pidin sitä jonain veijarina ja lykkäsin portaita alas. Menkää itse katsomaan, oliko se teidän miehenne; jos niin on, niin on mieleni hyvin paha." Lukkarin muori juoksi kellotorniin ja löysi sieltä miehensä, joka virui porrasloukossa ja parkui pahasti, sillä hän oli taittanut säärensä.

Muori raahasi hänet alas ja juoksi sitten ääneen parkuen pojan isän luo. "Se teidän poikanne", hän huusi, "on tehnyt pahoja, hän on viskannut minun mieheni portaita alas, niin että tältä sääri taittui. Noutakaa se hulttionne oitis pois meiltä!" Isä säikähtyi, juoksi lukkarin taloon ja haukkui poikaansa pahanpäiväisesti. "Mistä tuollaiset konnantyöt oikein ovat mieleesi tulleetkaan, tuntuu itse paholainen niitä päähäsi ajaneen!" "Isä", vastasi poika, "kuulkaahan rauhassa, minä olen vallan viaton. Hänhän seisoi siellä pimeässä kuin mikäkin pahantekijä, ei puhunut, ei liikahtanut. Enhän tiennyt kuka se oli, ja varoitin häntä kolmesti joko puhumaan tai menemään tiehensä." "Ah", huokasi isä, "sinusta on vain pelkkää onnettomuutta, en jaksa sinua kauempaa nähdä. Lähde tiehesi silmieni edestä." — "No hyvä, isä, varsin mielelläni, vartokaahan vain siksi kunnes päivä nousee, silloin lähden maailmalle oppimaan sellaista pelkoa, joka miehensä elättää." — "Opi mitä mielesi tekee", äyskähti isä, "minä siitä vähät välitän. Tässä saat viisikymmentä kolikkoa, niiden turvissa lähde täältä kauaksi äläkä sano yhdellekään ihmiselle, ken olet ja kuka isäsi on, jotta minun ei tarvitsisi hävetä sinun takiasi." — "Hyvä on, isä, aivan niin kuin tahdotte. Jos ette minulta sen enempää vaadi, niin tottahan tuon kykenen pitämään mielessäni."

Päivän valjettua poika pisti viisikymmentä kolikkoa taskuunsa, lähti patikoimaan valtamaantietä pitkin ja mutisi lakkaamatta itsekseen: "Kunpa minua vain pelottaisi!" Tulipa siihen mies, joka kuuli pojan mutinan ja liittyi hänen matkaansa. Kuljettuaan kappaleen taivalta tulivat he hirsipuun kohdalle, ja silloin mies sanoi: "Katsoppas, tuolla kasvaa puu, jossa seitsemän miestä on pitänyt häitä nuoranpunojan tyttären kanssa, ja nyt ne opettelevat lentämään. Istu sen puun juurelle ja odota yön tuloa, silloin opit tietämään, mitä pelko on." — "Jollei siihen muuta tarvita", sanoi poika, "niin se on helposti opittu; mutta jos minä niin helposti opin pelkäämään, niin saat minun viisikymmentä kolikkoani palkaksesi hyvästä neuvosta. Tule huomenna varhain noutamaan ne." Poika meni hirsipuun luo, istahti sen juurelle ja odotti iltaan asti. Ja kun häntä rupesi palelemaan, sytytti hän nuotion eteensä, mutta puoliyön aikaan alkoi tuulla niin kylmästi, ettei tulikaan häntä lämmittänyt. Ja kuullessaan, kuinka hirtettyjen ruumiit tuulessa heilahtelivat yhteen, hän ajatteli: "Sinua palelee tässä nuotion ääressä, mutta kuinkahan noita miesparkoja tuolla ylhäällä oikein paleleekaan, koska ne toisiaan niin taputtelevat." Ja kun hänellä oli sääliväinen sydän, nosti hän tikapuut hirsipuuta vastaan, nousi ylös, irroitti hirtetyt yhden toisensa jälkeen ja kantoi ne alas tulen ääreen, jotta nekin raukat vähän lämpiäisivät. Mutta nepä eivät näyttäneet elon merkkiäkään, vaikka tuli tarttui niiden vaatteisiin. Silloin sanoi poika: "Varokaa toki itseänne, hölmöt, taikka ma ripustan teidät jälleen tuonne ylös." Kuolleet eivät välittäneet hänen varoituksistaan, istua jukottivat vain totisina, vaikka valkea kulutti niiden vaatteita. Silloin poika suuttui: "Jollette itsestänne osaa varoa, niin en minäkään voi teitä auttaa, mutta enpä tahdo palaakaan tässä teidän kanssanne", ja hän ripusti ne vuoron perään kaikki jälleen hirsipuuhun. Sitten hän paiskautui pitkäkseen nuotion ääreen ja nukahti heti. Aamun koittaessa tuli se mies saamaan luvatut viisikymmentä kolikkoa ja kysyi pojalta: "No, jokos nyt tiedät mitä pelko on?" — "Enkä", poika vastasi, "mistä minä sen tietäisin? Nuo veitikat tuolla ylhäällä eivät avanneet suutansakaan ja olivat niin typerät, että päästivät tulen vaateriepuihinsa sitä yhtään varomatta."

Siitä mies ymmärsi, etteivät nuo viisikymmentä kolikkoa ainakaan hänen taskuihinsa siirtyisi, ja hän lähti tiehensä mutisten mennessään: "Enpä ennen ole mokomaa nähnyt."

Poikakin lähti patikoimaan edelleen ja mutisi lakkaamatta itsekseen: "Ah, kunpa minua vain pelottaisi! Ah, kunpa vain osaisin pelätä!" Sen kuuli hänen takanaan tuleva ajomies, joka kysyi: "Kuka sinä olet?" — "En tiedä", poika vastasi. "Kukas sinun isäsi on?" — "Sitä en saa sanoa." — "Mitä sinä noin itseksesi pidät puhetta?" — "Tietäkääs, hyvä mies", sanoi poika, "minä tahtoisin että minua pelottaisi, mutta kukaan ei tahdo sitä opettaa minulle." — "Älä hulluttele", sanoi ajomies, "vaan käy mukaani, koetanpa auttaa sinut yöksi katon alle." Poika lähti ajomiehen mukaan, ja illalla he saapuivat majataloon, johon aikoivat yöpyä. Vierastupaan käydessään poika taas sanoi ääneen: "Kunpa minua pelottaisi! Kunpa minua vain pelottaisi!" Sen kuuli isäntä, joka nauroi ja sanoi: "Jollet muuta kaipaa, niin täällä saat siihen tilaisuutta." — "Ah, hyvä mies, vaikene jo", torui hänen vaimonsa, "kuinka monet hurjapäät ovatkaan jo tuossa leikissä menettäneet henkensä; sääli olisi noita kirkkaita nuoria silmiä, jolleivät ne enää huomenna näkisi päivänvaloa." Mutta poika sanoi: "Vaikkapa se olisi kuinka vaikeaa, niin tahtoisin sen kerrankin oppia, koska sitä varten olen maailmalle lähtenytkin." Eikä hän antanut isännälle rauhaa, ennenkuin tämä kertoi, että lähellä oli loihdittu linna, jossa kuka hyvänsä oppisi pelkäämisen taidon, jos vain rohkeni viettää siinä kolme yötä peräkkäin. Kuningas oli luvannut sellaiselle uskalikolle tyttärensä puolisoksi, ja se oli ihanin prinsessa, mitä maailmassa oli nähty. Linnassa oli paljon aarteita, joita kehnot henget vartioitsivat, ja jos uhkayritys onnistuisi, vapautuisivat aarteet lumouksestaan ja tekisivät köyhästä upporikkaan miehen. Paljon oli sinne jo mennehiä, mutta ei yhtään palanneina. Seuraavana aamuna poika meni kuninkaan puheille ja sanoi: "Jos sallittaisiin, niin pitäisin kolmena yönä peräkkäin vartiota tuossa loihditussa linnassa." Kuningas katseli puhujaa, ja kun tämä häntä miellytti, niin hän vastasi: "Saat pyytää kolmea asiaa, mutta niiden pitää olla elottomia esineitä, ja ne saat ottaa mukaasi linnaan." Silloin poika sanoi: "Pyytäisin tulta, sorvin ja höyläpenkin ynnä siihen taltan."

Kuningas antoi viedä pyydetyt esineet linnaan. Yön lähetessä poikakin lähti sinne, laittoi iloisen valkean erääseen huoneeseen, asetti höyläpenkin talttoineen valkean viereen ja asettui itse sorvin ääreen, "Ah, kunpa minua vain pelottaisi!" hän puheli itsekseen, "mutta täälläkään sitä tuskin opin." Puoliyön tienoissa hän kävi kohentamaan sammuvaa valkeata, ja juuri kun hän siihen puhalsi, kuului äkkiä nurkasta parkaisu: "Au, miau, kuinka meitä palelee!" — "Senkin hölmöt", huusi poika vastaan, "mitäs te turhia parutte? Jos teitä palelee, niin tulkaa tänne valkean luo lämmittelemään." Ja tuskin hän oli tuon saanut sanotuksi, kun nurkasta loikahti kaksi isoa mustaa kissaa näkyviin, ne asettuivat hänen kummallekin puolelleen ja tirkistelivät häneen hurjasti tulisilla silmillään. Hetken aikaa lämmiteltyään kissat puhuivat pojalle: "Hei, toveri, eikös käydä lyömään korttia?" — "Ka, miksikäs ei", vastasi poika, "mutta näyttäkääpä ensin käpäliänne." Kissat työnsivät pitkät kyntensä näkyviin. "Kas vain", sanoi poika, "onpa teillä siivottoman pitkät kynnet, ne minun on ensin siistittävä." Näin sanoen hän koppasi kissoja niskasta, nosti ne höyläpenkille ja puristi niiden käpälät ruuvien väliin. "Sitten kun näin teidät niin pitkäkyntisiksi, katosi minusta kerrassaan halu kortin lyöntiin", sanoi poika, löi kissat kuoliaaksi ja viskasi ne akkunasta virtaan. Mutta kun hän oli näin selvinnyt noista kahdesta ja aikoi jälleen istua valkean ääreen, alkoi joka nurkasta ja loukosta lappaa esiin mustia kissoja ja mustia koiria kuin mitäkin tulista nauhaa. Ne rääkyivät ja ulisivat kamalasti, kävivät valkean kimppuun ja yrittivät sammuttaa sen. Kotvan aikaa poika rauhallisesti katseli tuota menoa, mutta viimein häntä rupesi harmittamaan ja hän tarttui talttaansa ja kävi niiden kimppuun. Osa niistä juoksi tiehensä, toiset hän iski hengiltä ja viskasi virtaan. Päästyään jälleen omiin oloihinsa hän kohensi valkeata ja lämmitteli. Mutta tulen ääressä istuessaan häntä rupesi nukuttamaan ja silmät pyrkivät painumaan kiinni. Katsellessaan ympäri huonetta hän keksi eräässä nurkassa ison vuoteen. "No, tuopa sattui kohdalleen", poika arveli ja kävi pitkäkseen vuoteeseen. Mutta kun hänen piti ummistaa silmänsä, rupesi vuode itsestänsä liikkumaan ympäri liimaa. "Kas, tämäpä vasta menoa on", ihmetteli poika, "tiukenna vauhtia vain." Ja vuode kiiri eteenpäin kuin kuuden hevosen vetämänä yli kynnysten ja lattiain, ylöspäin ja alaspäin. Mutta sitten yht'äkkiä — hei vain! — se otti niin korkean hypyn, että pääpuoli keikahti ympäri ja koko vuode lensi kumoon pohja päällepäin ja poika allepäin, niin että hänen rinnoillaan oli kuin vuoren paino. Mutta äläppäs — poika potki patjat ja pielukset päältään, nousi jälleen pystyyn ja tuumi: "No, nyt saat lentää ja kiikkua miten vain haluttaa", ja kävi pitkäkseen valkeansa ääreen ja nukahti siihen. Huomenissa kuningas tuli katsastamaan, ja nähdessään pojan pitkänään lattialla hän luuli kehnojen henkien ottaneen tämän jo päiviltä. "Sääli noin sievää nuorukaista", hän puheli itsekseen. Sen kuullessaan poika havahtui, nousi pystyyn ja virkkoi: "Ei tässä sentään vielä niin pitkällä olla." Kuningas tuli kummiinsa, mutta oli samalla iloinen ja tiedusteli, millainen yönvietto oli ollut. "Mukiin meni", tokaisi poika, "yksi yö on nyt mennyt, ja arvaanpa, että menettelevät ne kaksi muutakin yhtähyvin." Kun hän palasi majataloon, ei isäntä ollut uskoa silmiään. "Enpä luullut sinua enää kahden jalan kulkevana näkeväni", hän sanoi, "oletko nyt oppinut tietämään, millaista pelko on?" — "Enkä", vastasi poika, "yhtä turhaa vaikka mitä yrittäisin; kunpa sen joku voisi minulle sanoa!"

Toiseksi yöksi hän lähti jälleen linnaan, istui valkean ääreen ja viritti vanhan virtensä: "Kunpa minua vain pelottaisi!" Puoliyön lähetessä alkoi kuulua melua ja kolinaa, ensin hiljaista, ja vihdoin tuli aika metelillä ihmisen puolikas savupiippua pitkin ja putosi aivan hänen eteensä. "Hei, kuulehan", huusi poika, "tämä on liian vähän, tarvitaan vielä toinenkin puolikas." Silloin alkoi melu ja kolina uudelleen, kävi kuin tuulen tohina ja myrskyn mylvinä, ja sitten retkahti puuttuva puolikaskin alas. "Varroppa, kuoma", sanoi poika, "minä käyn ensin kohentamaan valkeata." Kun hän sen tehtyään kääntyi jälleen ympäri, näki hän molemmat puoliskot kasvaneen yhteen, ja hänen jakkarallaan istui vallan kamalan näköinen miehenkuvatus. "Kuuleppa, kuoma, tuo ei käy päinsä", sanoi poika, "jakkara on minua varten." Mies yritti tunkea poikaa tieltään, mutta tämä ei sellaista sietänyt, vaan antoi ukkelille aika sysäyksen ja kävi istumaan jakkaralleen. Sitten tippui savupiipusta yhä uusia miehiä yksi toisensa perästä, ja ne noutivat yhdeksän sääriluuta ja kaksi pääkalloa ja rupesivat heittämään keilaa. Poikakin sai halun leikkiin ja pyysi päästä mukaan. "Mikäpäs siinä, jos sinulla vain on rahaa." — "Sitä riittää, mutta teidän pallonne eivät ole oikein pyöreät." Hän otti pääkallot, kiinnitti ne sorviinsa ja sorvasi ne pyöreiksi. "Kas noin, nyt ne vierivät paremmin", hän sanoi, "hei vain, nyt tästä hauskaa tulee!" Hän heitti keilaa miesten kanssa ja hävisi vähän rahaa; mutta kun puoliyön hetki löi, olivat kaikki kadonneet hänen näkyvistään. Hän kävi uudestaan makuulle ja nukkui levollisesti. Aamulla kuningas tuli tiedustelemaan yön menoa. "Mitäs nyt kuuluu?" kysyi hän. "Heitinpähän vain vähän keilaa ja hävisin muutaman pennin", poika vastasi. — "Eikö sinua yhtään pelottanut?" — "Eikös ja vähät", poika vastasi, "meillä oli oikein hauskaa. Kunpa vain tietäisin, mitä pelolla ymmärretään!"

Kolmantena yönä hän jälleen istui jakkarallaan ja pohti tuiki harmissaan vanhaa kysymystä: "Kunpa vain pelon oppisin!" Yösydämen aikaan tuli kuusi isoa miestä, jotka kantoivat ruumisarkkua. Silloin sanoi poika: "Katsoppa vain, siinähän on varmaankin orpanani, joka vasta pari päivää sitten kuoli", heristi kutsuvasti sormeaan ja huusi: "Hei, orpana kulta, käyppäs näkyviin!" Miehet laskivat arkun lattialle, poika kävi katsomaan ja kohotti kannen auki ja näki arkussa kuolleen miehen. Hän tunnusteli sen kasvoja. Ne olivat aivan kylmät. "Varroppa, minä vähän lämmitän sinua", sanoi poika, kävi valkean luo, lämmitti siinä kättänsä ja laski sen sitten kuolleen kasvoille, mutta siitä ei ollut apua. Nyt hän otti ruumiin ulos arkusta, istui lähelle valkeata ja otti sen syliinsä ruveten hieromaan sen käsivarsia saadakseen veren jälleen kiertämään suonissa. Kun sekään keino ei auttanut, arveli poika: "Kun kaksi makaa samassa vuoteessa, niin he lämmittävät toisiaan", nosti kuvitellun serkkunsa vuoteeseen, peitteli sen hyvästi ja kävi itse viereen. Kotvan perästä kuollut alkoikin lämmetä ja rupesi liikahtelemaan. Iloissaan poika huudahti: "Katsos nyt, serkkuseni, miten olisi käynytkään, jollen olisi sinua lämmittänyt!" Mutta kuollut kavahti istualleen ja karjaisi: "Nyt minä sinut tapan!" — "Mitä hulluja", ihmetteli poika, "sellaisenko palkan minä saan? Jouduppa oitis takaisin arkkuusi", ja hän nosti kuolleen vuoteesta, kantoi sen arkkuun ja paiskasi kannen kiinni. Silloin tulivat kutsumatta nuo kuusi miestä ja kantoivat arkun pois. "Eipä tässä vain rupea pelottamaan", harmitteli poika, "en opi siihen ikipäivinä."

Mutta nytpä tuli sisään mies kaikkia edellisiä isompi ja vallan hirveän näköinen, partaakin hänellä oli polviin asti ja ikää kuin sammaltuneella tunturilla. "Vai niin, sinä nulikka", ärisi äijä, "vai ei sinua pelota? No kohtapa saat oppia pelkäämään, sillä sinun on kuoleminen." — "Älkääpä, taatto, hätäilkö", sanoi poika, "jos minun on kuoleminen, niin se on juttu, johon tarvitsee kysyä minunkin mieltäni." — "Sinut minä nykerrän kainalooni ja sillä hyvä", sanoi ukon kuvatus. "Siivolla, siivolla, ukkoseni, älähän niin mahtaile; kuinka väkevä lienetkin, niin en minäkään liene Pekkaa pahempi." — "Sepähän pian nähdään", sanoi vanhus, "jos olet minua väkevämpi, niin päästän sinut menemään; koetetaanpas."

Sitten vei äijä pojan monia pimeitä sokkeloja pitkin linnan pajaan, otti kirveen ja löi sillä alasimen yhdellä iskulla maan sisään. "Minäpä taidan vielä paremman tempun", sanoi poika ja meni toisen alasimen luo. Äijä tuli viereen ja kumartui katsomaan, jolloin hänen pitkä partansa valui alasimelle. Silloin poika sieppasi kirveen ja iski alasimen halki, niin että äijän parta juuttui halkeamaan. "Nyt olet kiikissä", uhitteli poika, "ja nyt on sinun itsesi kuoleminen." Hän tarttui isoon rautakankeen ja kävi sillä peittoamaan äijän hartioita, kunnes tämä rupesi vikisemään ja pyytelemään, että poika lakkaisi, ja lupasi antaa hänelle suuret aarteet palkaksi. Silloin poika nykäisi kirveen halkeamasta ja päästi toisen vapaaksi. Vanhus vei hänet takaisin linnaan ja näytti hänelle muutamassa kellarissa kolme arkkua kultia täynnä. "Noista on yksi köyhiä varten", hän sanoi, "toinen kuningasta ja kolmas sinua itseäsi varten." Samassa tornikello löi puoliyön hetkeä, kummitus katosi ja poika jäi pimeään. "Olisit yksin tein voinut viedä minut täältä poiskin", hän arveli, "mutta ehkäpä tässä yksinkin osataan."

Hän haparoi seiniä pitkin ylös ja löysi entisen huoneensa, jossa hän nukkui valkean ääressä aamuun saakka. Aamulla kuningas tuli taasen katsomaan poikaa ja kysyi: "No, nyt kai jo olet oppinut tietämään, mitä pelko on?" — "Jopas vielä", sanoi poika, "mikäpä sen minulle olisi opettanut? Ensin tuli orpana-vainajani, sitten partasuu äijä, joka näytti minulle kellarissa isot aarteet, mutta kukaan ei ole sanonut, mitä pelko on." Silloin kuningas sanoi: "Sinä olet vapahtanut linnan lumouksesta ja saat tyttäreni puolisoksi." — "Hyvähän tuokin", poika arveli, "mutta en tiedä vieläkään, mitä pelko on."

Sitten noudettiin kullat kellarista ja pidettiin häät, mutta vaikka nuori kuningas rakastikin puolisoaan ja tunsi olonsa perin mukavaksi, pahoitteli hän kuitenkin yhtäpäätä: "Kunpa minua vain pelottaisi, kunpa minua vain pelottaisi!" Tuo kävi vihdoin puolison harmiksi. Hänen kamaripiikansa sanoi: "Minäpä tiedän keinon, jolla hän oppii pelkäämään." Tyttö meni puiston läpi juoksevalle purolle ja nouti sangon täyden nuoria kalanpoikasia. Kun nuori kuningas yöllä oli nukahtanut, neuvoi tyttö hänen puolisoaan vetämään peitteen hänen päältään ja tyhjentämään sangosta kylmän veden potkivine kalanpoikasineen hänen ylleen. Niin kun tehtiin, havahtui kuningas tuiki äkkiä ja huusi hartaasti: "Ah, kuinka minua pelottaa: ihan pintaa karmii, kultaseni! No, nytpä vihdoinkin tiedän, mitä pelko on."

Kolmenlaiset kielet.

Sveitsin maalla eli kerran kreivi, jolla oli vain yksi poika, mutta se niin typerä, ettei oppinut mitään. Sanoipa isä hänelle tuskastuneena: "Kuuleppas, poikani, minä en saa mitään pystymään sinun päähäsi, niin että koetelkaamme nyt toisenlaista keinoa. Sinun täytyy lähteä pois kotoa: ja minä annan sinut mainion oppimestarin käsiin, joka saa koettaa parastaan sinun suhteesi." Poika lähetettiin vieraaseen kaupunkiin ja viipyi siellä oppimestarin hoteissa vuoden ajan. Sen kaluttua hän palasi kotiin ja isä kysyi: "No, poikaseni, mitä hyvää olet oppinut?" — "Isä, olen oppinut haukkumaan niinkuin koirat." — "Armias taivas sentään!" huudahti isä, "siinäkö on kaikki, mitä olet oppinut? Minäpä lähetän sinut nyt toiseen kaupunkiin toisen oppimestarin luo," Poika viipyi senkin mestarin luona vuoden ajan. Kun hän sitten palasi kotiin, kysyi isä: "Poikaseni, mitä sinä nyt olet oppinut?" Poika vastasi: "Isä, olen oppinut lintujen puheen." Silloin isä närkästyi ja sanoi: "Oi sinä kadotuksen lapsi, olet ollut siellä niin pitkän ja kalliin ajan, etkä ole oppinut sen enempää, etkä kuitenkaan häpeä tulla minun kasvojeni eteen. Minä lähetän sinut vielä kolmannen oppimestarin luo, mutta jollet sielläkään opi mitään, niin en tahdo olla enää sinun isäsi." Poika oleskeli kolmannenkin mestarin luona vuoden ajan ja palasi sitten kotiin. Kun isä jälleen kysyi: "Poikani, mitä olet oppinut?" vastasi poika: "Rakas isä, tänä vuonna olen oppinut sammakkojen kurnutuksen." Silloin isä tulistui tuimasti, kavahti pystyyn, huusi väkeänsä paikalle ja sanoi: "Tämä ihminen ei ole enää minun poikani, minä hylkään hänet ja käsken teidän viemään hänet metsään ja siellä ottamaan hänet hengiltä." Palvelijat veivät pojan metsään, mutta kun heidän piti ruveta ottamaan häntä hengiltä, tulivat he niin täyteen sääliä, että päästivät hänet menemään. He leikkasivat metsävuohelta silmät ja kielen ja veivät ne isälle merkiksi pojan surmasta.

Nuorukainen vaelsi murhemielin eteenpäin ja tuli jonkun ajan kuluttua erääseen linnaan, jossa pyysi yösijaa. "No", sanoi linnanherra, "jos tahdot viettää yösi tuolla vanhassa tornissa, niin käy sinne, mutta minä varoitan sinua jo etukäteen, että se on hengenvaarallista, sillä torni on täynnä raivoja koiria, jotka haukkuvat ja ulisevat yhtämittaa, ja määräaikoina on niille viskattava uhriks ihminen, jonka ne paikalla syövät suuhunsa. Koko seutu on senvuoksi täynnä surua, mutta kukaan ei osaa auttaa." Mutta nuorukaista ei lainkaan pelottanut ja hän sanoi rohkeasti: "Laskekaa minut vain menemään sinne haukkuvien koirien pariin ja antakaa minulle jotakin, minkä voin viskata niiden eteen; minulle ne eivät tee mitään." Koska hän pysyi itsepintaisena päätöksessään, antoi linnanväki hänelle vähän koiranruokaa ja vei hänet torniin. Kohta kun hän tuli sisään, eivät raivot koirat haukkuneetkaan hänelle, vaan keräytyivät ystävällisesti hänen ympärilleen ja heiluttivat häntiään ja söivät, mitä hän pani niiden eteen; eikä hänelle tapahtunut vähintäkään vahinkoa. Seuraavana aamuna hän palasi kaikkien kummaksi elävänä ja hyvinvoivana ja sanoi linnanherralle: "Koirat ovat omalla kielellään ilmaisseet minulle, minkävuoksi ne ovat niin villiytyneet ja aikaansaattavat turmiota koko seudulle. Ne ovat loihdittuja ja pakotetut vartioimaan suurta aarretta, joka on alhaalla vanhan tornin kellarissa, eivätkä ne saa rauhaa ennenkuin aarre on nostettu sieltä päivänvaloon. Ja senkin ne ovat ilmaisseet minulle, miten tuo kaikki tapahtuu." Silloin iloitsivat kaikki, jotka sen kuulivat, ja linnanherra lupasi ottaa hänet omaksi pojakseen, jos hän pystyisi suorittamaan tuon ihmetyön. Nuorukainen lähti jälleen torniin, ja koska hän tiesi mitä hänen oli tehtävä, toi hän ihmisten ilmoille kultarahoilla täytetyn lippaan. Siitä hetkestä lähtien ei enää koskaan kuultu raivojen koirien ulinaa, ne katosivat jäljettömiin ja maa oli vapautettu kirouksesta.

Jonkun ajan perästä nuorukainen sai päähänsä lähteä Roomaan. Matkan varrella sattui hän kulkemaan ohi suohetteen, jossa sammakoita istui kurnuttamassa. Hän pysähtyi kuuntelemaan niitä, ja ymmärrettyään niiden pakinan hän kääntyi sangen murheelliselle mielelle. Viimein hän saapui Roomaan. Siellä oli paavi juuri kuollut ja kardinaalit olivat suuressa pulansa, kenet valitsisivat hänen seuraajakseen. Vihdoin he pääsivät yksimielisyyteen siitä, että paaviksi valittaisiin sellainen mies, jonka taivaallinen ihme siksi merkitsisi. Ja juuri kun tämä asia oli päätetty, astui nuori kreivi kirkkoon, ja samassa lensi kaksi lumivalkeaa kyyhkystä sisään ja asettui istumaan hänen kummallekin hartialleen. Papisto oli huomaavinaan siinä taivaan tahdon ja kysyi häneltä, tahtoiko hän ruveta paaviksi. Nuorukainen seisoi epäröiden, hän kun ei tiennyt kelpaisiko hän paaviksi, mutta kyyhkyset kuiskuttelivat rohkaisevasti hänen korviinsa ja hän vastasi viimein suostuvansa. Kohta hänet vihittiin ja voideltiin paaviksi; ja siten täyttyi se, mitä hän matkan varrella oli sammakoilta kuullut ja mikä silloin oli niin murehduttanut hänen mieltään. Kohta vihkimyksen jälkeen hänen piti toimittaa messu; siitä hän ei tiennyt sanaakaan, mutta molemmat kyyhkyset istuivat yhä hänen hartioillaan ja sanoivat hänelle kaikki valmiiksi korvaan.

Jänis ja siili.

Tämä juttu kuulostaa kerrottaessa valheelta, pojat, mutta totta se kumminkin on, sillä isoisäni, jolta sen kuulin, oli tapana sitä kertoessaan lisätä: "Tottahan sen toki täytyy olla, poikaseni, muutenhan sitä ei voisi kertoakaan." Tähän tapaan se juttu kävi.

Olipa kaunis sunnuntai-aamu elonleikkuun aikaan, juuri kun tattari kukki, aurinko oli kiivennyt korkealle taivaalle, aamutuuli puhalteli lämpöisesti puitten latvoissa, leivoset livertelivät ilmassa, mehiläiset surisivat tattarin kukissa ja ihmiset kävivät parhaissa pyhäpukimissaan kirkkoon ja kaikki eläimetkin tunsivat mieluista oloa, niinpä siili-ukkokin.

Siili-ukko seisoi tupansa ovella, kädet ristissä rinnalla, antoi suvituulen sivellä poskiaan ja hyräili iloista laulunpätkää niin hyvästi tai huonosti kuin siilin on yleensä tapa hyräillä leutona suvisena sunnuntai-aamuna. Siili-ukon täten hilpeästi hyräillessä pesi ja puki siili-muori lapsikakarat, sillä hänen tarkoituksenaan oli, että perhe lähtisi sunnuntaikävelylle läheiseen tattaripeltoon katsastamaan, miten päästäiset ja etanat siellä jaksoivat — nämä näetsen kuuluivat siiliperheen vakinaiseen pyhäruokajärjestykseen — ja hän huusi ukkoakin tulemaan perästä. No, mitäs tuosta, sanottu ja tehty. Ukkosiili lukitsi tuvanoven varmasti kiinni ja lähti käydä köntystelemään hänkin tattaripeltoon. Mutta hän ei ollut vielä ennättänyt kotoa sen kauemmaksi kuin sen ison oratuomipensaan kohdalle, joka kasvaa pellon edustalla, kun hän tapasi jäniksen, joka oli jokseenkin samanlaisilla asioilla, näet menossa katsastamaan, kuinka hänen kaalinsa menestyivät. Jäniksen nähtyään siili-ukko toivotti ystävällisesti hyvää huomenta. Mutta jänis, joka olemukseltaan on paljon ylhäisempi herra ja sen ohessa julman koppava, ei vastannut siilin tervehdykseen, vaan kysyi tältä mahtavan ivallisella sävyllä: "Mitäs sinä näin kauniina aamuna täälläpäin maleksit?" — "Olenpahan vain menossa kävelemään", sanoi siili. "Vai kävelemään?" nauraa jänis, "minusta tuntuu, että voisit käyttää sääriäsi parempiinkin asioihin." Tuollainen tyly vastaus harmitti siiliä mahdottomasti, sillä kaikkea muuta hän voi rauhallisesti sietää, mutta sääriänsä hän ei suvainnut ivailtavan, vaikkapa ne luonnostaan olivatkin vääränlaiset. "Kuvittelet kaiketi", hän sanoi äkämystyneenä, "että itse mukamas voit omilla säärilläsi toimittaa jotain enempääkin?" — "Sitäpä juuri tarkoitankin", sanoo jänis. "Voipihan koettaa", sanoo siili, "arvaanpa, että jos juoksemme kilpaa veikasta, niin pyyhkäisen sinun edellesi." — "Tuollaiselle puheelle ei voi olla nauramatta", sanoi jänis, "sinä muka väärillä säärilläsi pystyisit minut voittamaan! Mutta samapa se minun puolestani, jos sinulla kerran on halua. Mistä pannaan veikkaa?" — "Kultakolikosta ja viinipullosta", ehdottaa siili. "Olkoon menneeksi", sanoo jänis, "tuohon käteen, ja kilpailu voi alkaa vaikka paikalla." — "E-ei, niin kiirettä ei minulla ole", tuumii siili, "vatsani on vielä tyhjillään. Ensin menen kotiin murkinoimaan, mutta puolen tunnin perästä olen paikalla."

Näin sanoen siili lähti patikoimaan kotia, mutta matkalla hän tuumiskeli seuraavaan tapaan: "Jänis luottaa pitkiin sääriinsä, mutta ehkäpä minä hänestä sittenkin selviän. Hän on tosin ylhäinen herra, mutta monessa suhteessa sangen typerä veikkonen, ja vedonlyönnin hän saa joka tapauksessa maksaa." Kotiin tultuaan siili puheli muorilleen: "Eukko, vedähän kiiruusti vaatteet yllesi, sinun täytyy lähteä kerallani läheiseen kesantopeltoon." — "Mikä nyt on hätänä?" kysyy muori. "Minä olen pannut jäniksen kanssa veikkaa kultakolikosta ja viinipullosta, jotta voitan hänet kilpajuoksussa, ja sinun pitää olla siinä leikissä mukana." — "Hyvä Isä sentään, ukko rukka", parahtaa muori, "olitko sinä aivan järjiltäsi, kuinka sinä jäniksen kanssa pystyt kilpaa juoksemaan?" — "Tukkea suusi, eukko", ärähtää ukko, "se on minun asiani. Älä sekaudu miesväen asioihin. Ala joutua, laita pyhävaatteet päällesi ja lähde sitten mukaan." Mitähän siili-ukko teki muorillaan kilpajuoksussa? Se selviää seuraavasta.

Kun he yhdessä patikoivat tattaripellolle päin, opasti ukko eukkoaan jutun juoneen. "Kuulehan nyt tarkkaan, mitä sanon. Katsoppas, tuolla pitkällä kesantopellolla meidän kilpailumme tapahtuu. Jänis juoksee yhtä vakoa pitkin ja minä toista, ja tuolta yläpäästä me alamme. Sinulla ei ole mitään muuta tehtävää kuin että käyt istumaan vakoon, ja kun jänis tulee toista vakoa pitkin kohdallesi, huudat hänelle vastaan: 'Kas tässä minä jo olen!'"

Näillä puheilla he olivat jo ennättäneet kesantopeltoon, siili näytti eukolleen tämän vartiopaikan ja lähti itse taapertamaan pellon yläpäähän. Siellä jänis oli jo odottamassa. "Joko alotetaan?" kysyy jänis. "Mikäs siinä, alotetaan vain", sanoo siili. Kumpikin asettuu vakonsa päähän. Jänis lukee: "Hei yks, hei kaks, hei kolme!" ja lähtee patistamaan kuin myrskytuuli vakoa alaspäin. Mutta siili juoksi vain kolme askelta ja istahti sitten levollisesti vakoonsa.

Kun nyt jänis tuli täyttä lentoa peltoa alaspäin, huusi siili-muori hänelle vastaan: "Kas tässä minä jo olen!" Jänis hätkähti peräti kummissaan; hän ei osannut muuta ajatellakaan, kuin että hänellä oli edessään ukkosiili itse, sillä kuten tunnettu tässä luomakunnan lajissa ovat molemmat sukupuolet hyvin toistensa näköiset. Jänis arveli kumminkin: "Ei tämä mahda olla puhdasta peliä." Sitten hän huusi: "Uusi yritys, käännös ympäri!" Ja nyt hän laskketti jälleen kuin myrskytuuli, niin että pitkät korvat painuivat pitkin selkää. Mutta siili-muori jäi rauhallisesti paikoilleen, ja kun jänis tulla suhisuttaa, huutaa hän taas vastaan: "Kas tässä minä jo olen!" Jänis joutui vallan suunniltaan ja karjaisi: "Vielä kerran uusi yritys, käännös ympäri!" — "Ei minulla ole mitään vastaan", sanoo ukkosiili vakonsa yläpäästä, "juostaan vaikka iltaan saakka". Ja sitten juosta patisti jänis kilpamatkan seitsemäänkymmeneen ja kolmeen kertaan, ja ukkosiili pysytteli koko ajan vakonsa yläpäässä. Ja joka kerta, kun jänis tulla suhisutti kilparataa alaspäin, huusi siili-muori: "Kas tässä minä jo olen!"

Neljänneläkahdeksatta kerralla jänis ei enää päässyt radan päähän asti. Keskellä peltoa hän keikahti nokalleen ja veri pärskähti hänen suustaan. Mutta ukkosiili otti hilpein mielin vastaan kilpapalkinnon, huusi eukkoansa ja molemmat taapersivat tyytyväisinä kotia, ja jolleivät he ole kuolleet, elävät kumpikin vielä.

Tämä juttu opettaa meidät ymmärtämään, ettei kukaan, vaikka pitäisi itseänsä kuinka ylhäisenä, saa tehdä pilaa halpa-arvoisemmastaan, olipa tämä vaikka vain hidas siili.

Kettu ja hevonen.

Olipa talonpojan hevonen käynyt ikäkuluksi ja työhön kykenemättömäksi, niin että isäntä rupesi kitsastelemaan siltä ruokaa ja sanoi senvuoksi vanhalle uskopalvelijalleen: "Eihän sinusta enää ole mihinkään, mutta hyvää sydäntäni osottaakseni lupaan pitää sinut edelleen ruoassa, jos tuot jalopeuran metsästä käsiini. Ja nyt ala laputtaa!" Niin sanoen hän ajoi elikkonsa ulos pahaan ilmaan.

Allapäin lähti hepo rukka astua löntystelemään metsään saadakseen siellä puiden katveessa suojaa rankalta sateelta. Siellä tuli häntä vastaan Kettu Repolainen, joka tiedusteli: "Miksis kuljet noin yksin ja pää riipuksissa, kuoma?" — "Ohhoo", hevonen, vastasi, "ahneus ja uskollisuus eivät aina asusta saman katon alla. Isäntäni on unhottanut, kuinka monet vuodet olen uurastanut hänen hyväkseen, ja kun en enää kykene auraa vetämään, epäsi hän minulta rehun ja ajoi tänne korpeen kuolemaan." — "Ilmanko vähintäkään armoa?" kysyi kettu. "Armot olivat kehnot, hän näet lupasi pitää minut edelleenkin ruoassa, jos toisin hänelle metsästä jalopeuran, mutta arvasihan hän hyvin, etten sellaiseen enää vanhoillani pysty." Silloin kettu, mielevä mies, kävi lohduttamaan: "Tahdonpa auttaa sinua miesparkaa, käy tuohon kellellesi, ojenna sorkkasi suoriksi ja ole olevinasi ihan kuin kuollut."

Hevonen teki niinkuin kettu käski, ja tämä ovela auttaja lähti jalopeuran pakeille, jolla oli luolansa lähistöllä, ja haasteli tälle: "Tuolla metsässä on kuollut hevonen, käy sinne saamaan hyvä paisti, kuningas kulta." Mitäs siitä, jalopeura lähti, ja kun molemmat seisoivat hevosen vieressä, kävi kettu panemaan paulojaan. "Tässä ei paisti ole sinulle oikein sopivassa kohdassa, tokkos onkaan? Minä sidon sen hännän sinun ruumiiseesi, jolta voit vetää sen luolaasi ja siellä syödä suuhusi kaikessa rauhassa." Neuvo oli jalopeuran mieleen, ja jotta kettu voisi kiinnittää hevosen hännän sen ruumiiseen, pysytteli se aivan hiljaa. Mutta ketun pahus köyttikin hevosen hännällä jalopeuran käpälät yhteen niin lujasti, että se ei millään mahdilla kyennyt saamaan niitä irti. Saatuaan työnsä valmiiksi kettu taputti hevosta olalle ja sanoi: "Vedä, kimo, vedä!" Silloin hevonen kavahti jaloilleen ja alkoi vetää köytettyä jalopeuraa perässään. Jalopeura karjui kaikista voimistaan, niin että metsän pikku lintuset lehahtivat kauhuissaan ilmaan, mutta hepo-vanhus antoi metsän kuninkaan karjua ja veti sen peltojen poikki isäntänsä tallinoven eteen. Tuon kumman nähdessään talonpoika sai tunnonvaivoja ja sanoi uskopalvelijalleen: "Tänne sinä jäät ja hyvät päivät sinulla pitää olla niin kauan kuin elät."

Onnekas Hannu.

Hannu oli palvellut samaa herraa seitsemän vuotta, ja seitsemännen vuoden päätyttyä hän sanoi isännälleen: "Isäntä, pestiaika on lopussa ja nyt tahtoisin palata kotiin äitini luo, antakaa siis minulle palkkani." Isäntä vastasi: "Hyvin ja uskollisesti sinä oletkin minua palvellut, ja palkkasi tulee olemaan palvelusta myöten." Näin sanoen hän antoi rengilleen kultakimpaleen, joka oli tämän pään kokoinen. Hannu otti nenäliinan taskustaan, kääri kultakimpaleen siihen, nosti mytyn hartioilleen ja lähti ilomielin patikoimaan kotia. Hänen maantietä mitellessä ja asettaessa jalan toisen eteen tuli vastaan virkulla raudikolla ratsastava herra. "Hohhoijaa", huokasi Hannu ääneen, "kelpaa sitä hevosen selässä lasketella! Satulassa istuu kuin tuolilla, kengänanturat säästyvät ja matka katkeaa kuin lentämällä." Ratsastaja, joka tunsi Hannun ja kuuli hänen huokauksensa, pysähdytti hevosensa ja sanoi: "Katsoppas Hannua, mikä pakko sinun on patistaa jalkaisin?" — "Pakkohan minun on nyt omissa oloissani ollen", vastasi Hannu, "ja tällainen kultakimpale on vielä lisäksi hartioita painamassa." — "Tiedätkös mitä", sanoi ratsastaja, "tehdäänpä vaihtokauppa: sinä saat minun hevoseni ja annat minulle tuon kultakimpaleesi." — "Vallan mieluusti", vastasi Hannu, "vaikka säälikseni käy teidän vaivanne tämän mokoman kanssa." Ratsastaja laskeutui alas satulasta, otti kullan, auttoi Hannun satulaan, antoi hänelle suitset käteen ja opasti menemään. "Jos tahdot pitää kiirutta, niin maiskuta suutasi ja huuda: hop hop."

Hannu-poika se vasta oli mielissään, kun istui hevosen selässä ja kuvitteli näin komeata kotiatuloa. Hetken hiljaa ajettuaan hänen teki mielensä parantaa vauhtia, ja hän rupesi maiskuttamaan suutansa ja huutamaan hevoselle: hop hop. Ratsu pani laukaksi ja ennenkuin Hannu arvasikaan, makasi hän maantien ojassa. Hevonen olisi mennyt menojaan, jollei sitä olisi pidättänyt vastaantuleva talonpoika, joka talutti lehmää nuorasta. Hannu tarkasteli, olivatko kaikki jäsenet vielä ehjät, ja kompuroi ylös ojasta. Mutta hän oli pahalla tuulella ja puheli talonpojalle: "Huonoa huvia tuo ratsastaminen on, varsinkin mokoman kiikkulaudan selässä; siinä hypittää ja ravistaa ja pian taittaa niskansakin. Ei, toista maata se on tuo teidän lehmänne, tiedän mä, sen perässä on rauhallista astuskella ja päällepäätteeksi tietää varmasti joka päivä saavansa maitoa ja voita ja juustoa. Mitäpä antaisinkaan, jos minulla olisi tuollainen lehmä!" — "No, mieltäsi tahdon noudattaa", sanoi talonpoika, "anna sinä minulle hevosesi, niin saat lehmäni." Hannu oli tuiki tyytyväinen kauppaan, ja talonpoika nousi satulaan ja ratsasti joutuin tiehensä.

Hannu ajeli lehmäänsä rauhallisesti edellään ja onnitteli ajatuksissaan itseään onnekkaasta kaupasta. "Jos minulla vain on leipäkannikka, ja siitä ei kaiketi puutetta tule, niin saan särpimeksi voita ja juustoa milloin vain mieli tekee, ja jos janottaa, niin mitäpäs muuta kuin lypsän lehmääni ja juon maitoa." Näissä mietteissä hän sattui majatalon kohdalle, ja kun tunsi itsensä nälkäiseksi, poikkesi hän sisään ja söi sydämensä yltäkylläisyydessä yhteen menoon kaikki eväänsä, sekä päivällisen että illallisen, ja joi viimeisillä lanteillaan tuopin väkikaljaa palanpaineeksi. Sitten hän lähti jälleen ajelemaan lehmäänsä äidin kotia kohti. Puolenpäivän aikaan helle alkoi käydä polttavaksi, häntä hiotti ja kieli yritti juuttua kitalakeen. Silloin hän muisti nykyisen onnensa. "Mikäpä tässä janoa kärsimään", hän tuumiskeli, "kun on oma lehmä vierellä." Hän sitoi lehmän puuhun kiinni ja kävi lypsämään. Kiulua hänellä ei tosin ollut, mutta olihan nahkalakki. Mutta kuinka hän kyyrysillään ponnistelikin, ei lakkiin herunut maitopisaraakaan. Ja kun hän tottumattomana lypsäjänä kai kiusasi lehmääkin, antoi tämä viimein takasorkallaan hänelle sellaisen paukun otsaan, että Hannu parka keikahti kellelleen eikä vähään aikaan tiennyt tuon taivaallista missä olikaan. Onneksi tuli tietä pitkin teurastaja, joka työntökärryillä lykkäsi sianporsasta. "Mikä miestä vaivaa?" hän huusi ja auttoi Hannun jalkeille. Hannu kertoi hänelle pulansa, ja teurastaja purskahti nauruun. "Tuosta elukasta ei enää ole lypsettäväksi, siksi vanha se on, korkeintaan vetojuhdaksi tai teuraseläimeksi se kelpaa." — "Katsoppa vain, kuka tuota olisi osannut ajatellakaan", päivitteli Hannu. "Hyvähän on teuraskin talossa, mutta mitä arvoa on vanhan naudan sitkeällä lihalla? Ei, toista maata on nuori rasvainen porsaanliha!" — "Kuuleppa, Hannu", sanoi teurastaja, "sinun mieliksesi suostun vaihtamaan lehmäkopukkasi tähän lihavaan porsaaseen." — "Taivas teitä palkitkoon hyvyydestänne, kuomaseni!" huudahti Hannu vedet silmissä, antoi lehmän teurastajalle, irroitti porsaan työntökärryistä, sitoi nuoran elikon kaulaan ja lähti lyhentämään taivalta.

Matkatessaan Hannu mietiskeli merkillistä onneaan: kuinka pahat sattumat lopulta aina muuttuivat suotuisiksi seikoiksi. Matkan varrella hänen seuraansa liittyi samanikäinen nuorukainen, jolla oli kaunis valkoinen hanhi kainalossa. Kummallakin oli aikaa pakinoida, ja Hannu rupesi juttelemaan onnestaan, kuinka edullisia vaihtokauppoja hän oli sen päivän kuluessa tehnyt. Poika kertoi vievänsä hanhen joihinkin ristiäiskemuihin. "Koetappa tuota", hän sanoi ja koppasi hanhen siivet yhteen, "kuinka raskas se on, mutta sitä onkin syötetty kahdeksan viikon aika. Joka sen paistista palasen leikkaa, se saa nuoleskella rasvaa kummaltakin puolelta." — "Raskas on, peto", sanoi Hannu tunnustellen hanhea, "mutta eipä minun porsaanikaan ole laihaa poikaa." Mutta matkatoveri alkoi tarkastella porsasta puolelta ja toiselta ja virkkoi viimein päätään pudistellen: "Enpä luule, että porsaasi asiat on vallan oikealla kannalla. Siinä kylässä, mistä minä tulen, varastettiin tuonaan kylänvoudilta porsas, ja pelkäänpä, että se on juuri tuo sinun elikkosi. Väkeä on paraikaa etsiskelemässä porsasta ja varasta, eikä olisi varsin hauskaa joutua kiinni varastetun tavaran säilyttämisestä." Hannu parkaa rupesi puistattamaan. "Ah, kaikkeen sitä eläissään joutuukin; auta, hyvä mies, neuvolla tai toimella minua pulasta." — "Niinhän se onkin: auta miestä mäessä äläkä vasta mäen päällä", sanoi toinen, "tahdonpa siis koettaa pelastaa sinut pulastasi." Näin sanoen veijari tarttui porsaan talutusnuoraan ja poikkesi aika joutua syrjätielle, ja onnekas Hannu lähti jatkamaan matkaa lihava hanhi kainalossa. "Kun asiaa oikein ajattelen", puheli hän itsekseen, "niin etua lähti tästäkin vaihtokaupasta: ensiksikin kelpo paisti, sitten rasvaa, mikä paistista tihkuu leivän päälle pantavaksi monien kuukausien ajaksi, ja vihdoin kauniit valkoiset höyhenet, joista laitan itselleni pehmoisen pieluksen, jolla nukun vaikka heijaamattakin. Kuinka iloiseksi äitimuori tuosta tuleekaan!"

Kulkiessaan viimeistä edellisen kylän läpi Hannu tapasi veitsenterottajan, joka pyöritti ratastaan ja lauloi hilpeätä lauluaan:

"Ma veitsiä terotan ja ratasta jyrrään,
on eloni suruton kuin tuulessa hyrrän."

Hannu seisahtui katselemaan miehen toimitusta ja puhutteli häntä vihdoin: "Tuo ammatti arvatenkin vetelee, kun se noin laululla käy." — "Niin tottakin", vastasi veitsenterottaja, "tässä ammatissa mies seisoo kultaisella pohjalla. Oikea terottaja löytää aina taskustaan kolikon, kun vain kätensä sinne työntää. Mutta mistä olet ostanut noin kauniin hanhen?" — "En minä sitä ole ostanut, vaan vaihtanut porsaaseen." —. "Entä porsaan?" — "Sen sain lehmästä." — "Entä lehmän?" —- "Sen sain hevosesta." — "Entä hevosen?" — "Sen sain pääni kokoisesta kultakimpaleesta." — "Entä kullan?" — "Seitsenvuotisesta palveluksesta samalla isännällä." — "Sinäpä sitten oletkin joka kerta osannut hyvin pitää puoltasi", sanoi veitsenterottaja, "pääsisitpä nyt vielä niin pitkälle, että joka aamu herätessäsi tiedät rahojen virtaavan päivän kuluessa taskuun, niin olisit iäksesi onnekas mies." — "Kuinkas minä niin onnekkaaseen asemaan pääsisin?" kysyi Hannu. "Sinun pitää ruveta veitsenterottajaksi niinkuin minä olen: siihen ei oikeastaan tarvita muuta alkua kuin tahko, kaikki muu tulee sitten itsestään. Tuossapa sattuu minulla olemaan ylimääräinen kivi, joka on tosin vähän viallinen, mutta muutapa en siitä vaadikaan kuin tuon hanhesi; suostutko kauppaan?" — "Vieläkö häntä kysyttekin", ihastui Hannu, "minustahan tulee onnekkain mies mitä maan päällä on; kun minulla kerta tulee olemaan rahaa kohta kun käteni taskuun työnnän, niin mitäpä muuta voin enää pyytääkään?" — ja hän ojensi miehelle hanhen ja sai tahkokiven sijaan.

Hannu kääri pyöreän kiven nenäliinaansa, laski mytyn olalleen ja lähti tyytyväisenä tallustamaan eteenpäin. "Minäpä vasta onnenpoika olen", hän huudahti loistavin silmin, "mitä ikinä toivonkin, se käy kohta toteen." Mutta kun hän oli ollut matkalla päivänkoitosta alkaen, rupesi häntä jo pahoin uuvuttamaan; nälkäkin kalvoi hänen suoliaan, koska hän oli syönyt kaikki eväänsä jo aamupäivällä, iloissaan onnekkaasta lehmäkaupasta. Ja pahimmoiksi alkoi raskas tahkokivi painaa ja hieroa hänen olkapäätään. Jopa hän rupesi ajattelemaan, kuinka hyvä olisi, jollei enää tarvitsisi mokomaa taakkaa raahata mukanaan. Ilokseen hän keksi tien vieressä kaivon ja kumartui juomaan siitä, mutta silloin putosi mytty kivineen hänen olaitaan kaivon. Ilosta huudahtaen Hannu kavahti pystyyn, polvistui sitten ja kiitti kyyneleet silmissä taivasta tästäkin armosta. "Niin onnekasta ihmistä kuin minä tuskin lienee maan päällä", hän ajatteli ja lähti ruumis ja sydän keventyneenä hilpein mielin juoksemaan kotia kohti.

Seitsemän sysmäläistä.

Kerran oli seitsemän sysmäläistä sattunut yhteen, ensimmäinen oli nimeltään Mölhönen, toinen Melhonen, kolmas Suopas; neljäs Saapas, viides Kenonen, kuudes Nenonen ja seitsemäs Pölhövuori. Kaikki seitsemän päättivät lähteä kokemaan maailmaa, etsimään seikkailuja ja suorittamaan urotekoja. Mutta jotta niin mainio matka kävisi turvallisesti, olivat he hankkineet itselleen keihään, tosin vain yhden ainoan, mutta kerrassaan vahvan ja aimo pitkän. Kaikki seitsemän miestä olivat yhteisen keihään varressa, ensimmäisenä rohkein ja väkevin joukosta — se tietysti oli Mölhönen — ja muut kuusi peräkanaa hänen takanaan, viimeisenä Pölhövuori.

Sattuipa sitten tuolla mainiolla matkalla, että urosten heinäntekohelteessä pyrkiessä yöksi lähimpään kievariin he kuulivat turilaan lentävän tien poikki ja pitävän tavanomaista surinaansa, Mölhönen säikähtyi siitä niin, että keihäs oli pudota hänen vapisevista käsistään ja tuskan hiki peitti koko hänen ruumiinsa. "Kuunnelkaa, kuunnelkaa", hän huusi tovereilleen, "hyvä Isä sentään, minä kuulen rummutusta!" Melhonen, joka kulki hänen takanaan ja haisteli ties mitä lemua, sanoi: "Jotakin kamalaa on tekeillä, minä haistan ruutia." Nämä pahaenteiset sanat kuultuaan miehuullinen Mölhönen kääntyi joukon etunenästä käpälämäkeen, mutta sattui astumaan heinämiehiltä jääneen haravan piihin, niin että varsi lennähti pystyyn ja antoi hänelle kelpo paukauksen vasten naamaa. "Armoa, armoa", mylvi Mölhönen, "ota minut vangiksi, minä antaun, minä antaun!" Toiset kuusi juoksivat ja kaatuilivat Mölhösen yli yhteen kasaan ja huutelivat hekin: "Jos sinä antaut, niin antaun minäkin, jos sinä antaut, niin antaun minäkin!" Vihdoin, kun ei minkäänlaista vihollista ilmautunut heitä köyttämään ja poisviemään, huomasivat sankarimme pettyneensä; ja jotta juttu ei pääsisi ihmisten korviin ja aiheuttaisi tekemään heistä pilkkaa, vannoivat he juhlallisen valan pitääkseen sen omana tietonaan ja muilta salassa, kunnes jonkun suu avautuisi noin vain vahingossa. Mutta seuraava hirmu ja vaaranpaikka, joka heitä sitten kohtasi, oli niin peräti kamala, ettei edellistä voi siihen verratakaan. Muutaman päivän kuluttua heidän tiensä kävi kesantopellon yli, ja siellä istui jänis ja nukkui päivänpaisteessa keskellä peltoa, korvat jäykästi korkeutta kohti ja lasimaiset silmät suoraan sankarijonoamme kohti tuijottavina. Noin hirvittävän villipedon nähdessään urhot pahasti pelästyivät ja pitivät keskenään neuvoa, mikä keino pulasta pääsemiseksi olisi vähimmän vaarallinen. Sillä jos he yrittäisivät kääntyä pakosalle, oli enemmän kuin mahdollista, että hirviö lähtisi heidän peräänsä ja nielaisisi heidät karvoineen kynsineen. Siispä oli yksimielinen päätös:

"Meidän täytyy valmistua suureen ja hirvittävään kamppaukseen; rohkea se rokan syö!" Kaikki seitsemän tarttuivat tanakasti keihään varteen, Mölhönen etummaisena ja Pölhövuori perimmäisenä. Mölhönen tahtoi yhä seistä paikallaan keihäs tanassa, mutta taimpana seisova Pölhövuori tuli täyteen jaloa miehuullisuutta, vaati rynnättäväksi ja huusi joukon johtajalle:

"Nimessä Sysmän, jo heiluta kalpaa,
 emmehän oo mitään heimoa halpaa."

Mutta hänen edessään oleva Nenonen tiesi satuttaa naapurinsa arkaan kohtaan ja sanoi:

"Nimessä hornan, kelpaa sun puhua,
 itse sä säikyt jo paljasta huhua."

Kenonen huusi:

"Ei puutu muuta kuin hiuskarva juuri, ettei tuo peto oo pääpaha suuri."

Sitten tuli Saappaan vuoro lausua arvelunsa:

"Jollei se itse, niin toki sen muori, niin se on suori kuin Kyöpelin vuori."

Suoppaalle tuli hyvä päähänpisto kutitella vähän tausmiestään:

"Käyppäs, oi Saapas, eellinnä meitä, terästä luontos ja keihäämme heitä."

Mutta Saapas ei kuullut sillä korvalla, vaan vastasi:

"Kunnia kuuluu se Mölhöselle, minulle liikaa on tämmöinen helle."

Silloin tunsi Mölhönen aikalaisten ja kansakunnan luottamuksen kohottavan hänen luontoaan, hän puristi kahta tanakammin keihäänvarren latvustaa ja haastoi arvokkaasti:

"Käyppä siis taistohon pääpahaa vastaan sankarin työtä se on ainoastaan."

Ja koko joukko samosi miehuullisesti hirviön kimppuun. Mölhönen siunaili itseään ja huusi taivasta auttamaan häntä jalossa edesottamisessaan; mutta kun mitään tuliteräistä miekkaa heiluttavaa enkeliä ei näkynyt ja muu joukko työnsi häntä armotta eteenpäin, rupesi hän karjumaan suuressa hädässään: "Hau! Hau! Hurlehau! Hauhau!" Siitä jänis havahtui, säikähti ja otti lipetin.

Menestyksestään rohkaistuneena sysmäläissakki lähti etsimään uusia seikkailuja ja tuli leveälle virralle. Sen yli vievä silta oli jossain alempana näkymättömissä, joten miehiltämme nousi tie pystyyn. Virran toisella rannalla askarteli mies, jolta he huutaen kysyivät neuvoa, miten päästä tuon vaarallisen väylän yli. Mies sattui olemaan asikkalainen eikä oikein ymmärtänyt sysmäläistä, jonkavuoksi hän vastasi kotimurteellaan: "Hah?" (Häh, mitä?) Se kuulosti sankariemme korviin kuin kehotus: "Kahlaa!" Koska kulku ei siis ollut sen vaikeampi, hyppäsi etumies Mölhönen virtaan ja rupesi kahlaamaan. Kohta jalka ei enää tavannut pohjaa, ja uimataidoton kun oli, painui hän pohjaan kuin kivi. Hattu jäi kuitenkin pinnalle uiskentelemaan, se ajautui toiseen rantaan ja sille kiipesi sammakko kurnuttaen kaunista säveltään "Kak, kak, kak!" Tämän kuulivat toiselle rannalle jääneet kuusi ja haastelivat keskenään: "Toverimme Mölhönen kahlasi kunnialla ylitse ja kehottaa meitäkin kahlaamaan." Niinpä siis kaikki kuusi hyppäsivät virtaan, jossa heidät peri Mölhösen kohtalo. Sammakko surmasi siis sysmäläisistä kuusi miestä, mikä on arvattava kunniakkaaksi päätökseksi heidän toimintarikkaalle elämäntyölleen.

SISÄLLYS